아직 내 생각해?

스누피와 친구들의 세상물정 STICKER BOOK : 사랑 편

아직 내 생각해?

찰스 M. 슐츠 지음
황서미, 정상우 엮고 옮김

세계에서 가장 유명한 만화 캐릭터가 알려주는
사랑과 우정의 세상물정

차례

스누피와 친구들을 소개합니다

©PNTS

스누피와 친구들을 소개합니다

캐릭터 스티커
코믹스 스티커

찰리 브라운 : 스누피의 둘도 없는 사랑꾼 친구

찰리 브라운 CHARLEY BROWN
1950/10/02 데뷔

스누피의 주인. 감독 겸 투수를 맡고 있는
야구팀은 연전연패. 걱정이 많아 뭐든지
할까 말까 망설일 정도로 심약하지만,
피너츠 마을의 어느 누구도 미워하지
않는 멋진 소년. 자신이 여자아이들에게
의외로 인기가 있다는 것을 모르고 빨간
머리 소녀만 짝사랑하고 있음. (그 뒤로
여자친구가 두 명 정도 더 나오지만,
오래 못 감)

라이너스 : 담요만 있다면 뭐든지 할 수 있어

라이너스 LINUS
1952/09/19 데뷔

루시의 동생. 가끔은 이야기할 때
성경구절을 인용하고, 인생을 꿰뚫는
철학적 지성을 갖춤. 그러나 반대로
그의 트레이드 마크인 '애착담요'를
늘 가지고 다니며, 할로윈에 나타난다는
'호박대왕'을 믿는 유아성도 동시에
가지고 있음.
찰리 브라운의 여동생인 샐리가 좋아함.

루시 : 심술쟁이 심리 상담사

루시 LUCY
1952/03/03 데뷔

엄청 이기적인 심술쟁이 투덜이지만,
좋아하는 슈뢰더 앞에서는 베토벤을
질투하는 귀여운 소녀로 변신.
5센트씩 받고 '마음상담소'를 운영하는데,
주요 고객은 찰리 브라운.
가끔은 다른 친구들의 고민도 엉뚱하게
해결해 줌.
찰리 야구팀 안에서 '사상 최악의 우익수'.
라이너스와 리런의 누이.

샐리 : 찰리 브라운의 생뚱맞은 여동생 / 리런 : 당찬돌이 막냇동생

샐리 SALLY
1959/08/23 데뷔

찰리 브라운의 여동생. 오빠와 달리 기가
세서, 고민하기 전에 속전속결 해결책을
찾아 나서는 행동파. 라이너스를 '우리
자기'로 부르며 쫓아다니지만 라이너스는
늘 샐리를 피해 도망 다님. 공부를 엄청
싫어해서 자꾸 이런 저런 핑계를 대고
오빠에게 시킴.

리런 RERUN
1973/03/26 데뷔

루시와 라이너스의 동생.
외모는 형을 닮았지만 성격은 훨씬
강해서 루시의 공격에도 지지 않음.
개를 좋아해서 스누피와 자주 놀고
싶어 하나 여의치 않음.
꿈속에서 스누피를 기르기도.

패티 : 노는 게 제일 좋아! 잠꾸러기 패티 / 마시 : 볼수록 매력 있는 패티의 범생 절친

페퍼민트 패티 PEPPERMINT PATTY
1966/08/22 데뷔

수업 중에 늘 졸고 성적은 언제나
D마이너스인 왈가닥.
선생님에게는 시건방을 떨어 마시로부터
극진한 대우를 받고 있음.
찰리 브라운을 좋아하고 애칭으로
'척'이라 부름. 이름은 찰스 슐츠 집에 있던
사탕에서 유래.

마시 MARCIE
1971/07/20 데뷔

공부 잘하고, 운동 못하는 소녀.
페퍼민트 패티와 정반대임에도
둘은 엄청 친함. 교실에서는 패티
뒷자리에 앉아 있고 페퍼민트 패티를
'사부'로 부르며 존댓말을 씀.
실은 마시와 패티는 찰리 브라운을
사이에 둔 사랑의 라이벌.

슈뢰더 : 베토벤을 사랑하는 꼬마 예술가 / 우드스탁 : 스누피의 일등 비서 / 픽펜 : 먼지 풀풀 픽펜

슈뢰더 SCHROEDER
1951/05/30 데뷔

베토벤을 좋아하고 장난감 피아노를
연주하는 음악가. 냉정한 성격으로
루시의 맹렬한 구애에도 꿈쩍 안 함.
찰리 브라운 야구팀의 포수.
찰스 슐츠가 2살 딸에게 장난감
피아노를 선물했을 때 착안한
캐릭터라고 함.

픽펜 PIG PEN
1954/07/13 데뷔

자석처럼 먼지를 몰고 다니는
불가사의한 남자아이.
걸어가면 먼지가 길에 춤을 추는데도
본인은 전혀 신경쓰지 않음.
굉장히 높은 정신세계를 지니고
있으며, 찰리 브라운의 야구팀에서
3루수를 보고 있음.

우드스탁 WOODSTOCK
1966/03/04 데뷔

스누피의 친구인 작은 떠돌이 새.
명색이 새인데, 힘이 없어 날 때는
빙빙 제자리를 돎. 타이프와 속기가
가능해 스누피의 비서를 맡고 있음.
그의 말은 감탄부호와 기호로만
되어 있어 친구들 중 오직 스누피만
이해 가능.

사랑이 시작될 때 : 시작하는 연인들을 위하여

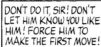

P48

P50

P52

P54

사랑은 어떻게 하나요

P80

P82

P86

P88

우리는 사랑일까? : 설렘

사랑에 빠졌어요 : 사랑은 반짝이는 착각

P130

P132

P134

P140

이별이 느껴질 때 : 왜 슬픈 예감은 틀린 적이 없나

WE HAVE A CAR THAT TALKS TO YOU IF YOU DON'T FASTEN YOUR SEAT BELT

MY DAD HAS A CAMERA THAT TALKS TO YOU IF THE LIGHT ISN'T RIGHT

WE HAVE A MAILBOX THAT TALKS TO YOU IF YOU DON'T GET ANY VALENTINES

"SORRY, KID..THAT'S THE WAY IT GOES!"

P158

PEANUTS® featuring "Good ol' Charlie Brown" by Schulz

P160

P160

HI! MY NAME IS LINUS.. MAY I SIT WITH YOU AND EAT LUNCH?

I DON'T KNOW..WHEN WERE YOU BORN?

I WAS BORN IN OCTOBER..

I WAS BORN IN DECEMBER

AREN'T YOU KIND OF OLD FOR ME?

P162

이별을 극복하는 방법이 궁금해

P168

P170

P172

P174

P176

P178

P182

P184

사랑이 시작될 때

시작하는 연인들을 위하여

나 픽펜한테 간단히 편지를
쓰려고 하는데 말야, 뭐라고
써야 할지 모르겠어.

사부, 절대 그러지 마요.
픽펜한테 감정을 보여주지
말라는 얘기죠. 걔가 먼저
몸달아서 움직이게 해요!

호오~ 넌 어떻게 그쪽으론
전문가냐, 마시?

사부! 가장 훌륭한 코치는 관중석에
있는 법!

#피너츠친구들 #밀당 #난사랑에빠졌죠 #마시_니는연애통못하겄다 #코치가선수는아냐

여보세요?

샐리 안녕..
나 패티야..
학교 댄스파티
때문에 전화했어..

사실 척이 나랑
댄스파티에 갈 것
같진 않거든.
갈까? 아냐.
안 갈 것 같아..

어쨌든, 너 오빠한테
얘기 좀 해줘.
나는 찰리를
파트너로 생각하고
있었다고..

YOU ALMOST WENT TO A SCHOOL DANCE..

지금 거의 패티한테 끌려서
댄스파티 가게 생겼는걸..

♩♪~

이 넓디넓은 세상에서
네가 가장 좋아하는 사람이
나일 수도 있을까?

하하하하하하하하하하하하!!!!!!

갑자기 나 혼자 개그하고 있다.

#베토벤빠_슈뢰더 #루시반펠트 #만사개그되는건한순간 #짝사랑 #미레도레시미레도시도

(난 포기야! 네가 무슨 새인지
도통 알 수가 없다구!)

(내가 알고 있는 한에서,
넌 오리야!)

훌쩍!

(미안해, 내 작은 친구야...
내가 너무 성급했어...
그래, 너 오리 아니야..)
–
훌쩍!

그때 그 여자애야.
오빠랑 얘기하고 싶대.
-
지금 전화 건 애,
어떻게 생겼는지 궁금한데...

살짝 알아봐 줄 수 있어?
아무도 모르게.. 눈치 못 채게...

지금 찰리 브라운은
당신이 귀엽게 생겼는지
못생겼는지 알고 싶답니다..
-
아아아악!

#찰리_샐리 #니네한식구맞아?
#샐리직썰 #다음장면궁금 #찰리이럴땐그냥닥치고전화받는거야 #넌잘생겼냐

어떤 사람이 내 파트너가 될지
궁금하네.. 춤도 아주 잘 췄으면
좋겠고... 옷도 착 떨어지게
잘 입으면 더욱 좋겠지...

안녕, 나는 픽펜이야.
–
아아아앙!

#밸런타인댄스파티 #픽펜_먼지투성이 #신박하다 #먼지로뒤덮여신비롭기까지

자, 우리 함께 점심도 먹었으니
내 이름 말해 줄게.
내 이름은 페기 진이야...

음..... 어어... 내 이름...
어... 내 이름... 은
브라우니 찰스야!

이름 귀엽네.. 좋은데?
-
하아~ 바로 여기서
호수에 뛰어들지도 몰라.

#연애폭망조짐 #저렇게부끄러워서점심은어찌먹었대

#제이름도헛나온찰리브라운 #차라리호수에뛰어드심이 #얼굴빨개졌다네

사랑이 시작될 때 : 시작하는 연인들을 위하여

나는 너무 쉽게 사랑에 빠지나봐..

#라이너스 #동생리런과헛갈리지말기 #뮤직박스와사랑에빠지다니 **#저렴한남자** #진심이면되지

에밀리, 내가 지금 너와
댄스파티에 함께 와 있다니
믿을 수 없어..

우리가 댄스수업 때
어떻게 만났는지
기억나?

아직도 너랑
춤추는 게 참 즐거워,
찰스..

"신사 숙녀 여러분,
잠시 주목해 주십시오.
혹시 여러분들 중
작고 하얀 개 주인 계십니까?"
–

아, 안 돼!!!

#찰스의새여친_에밀리 #분위기무르익는중

#작고하얀개침입 #눈치없는스누피 #여기가어디라고 #역사적인댄스파티 #사랑은타이밍

사랑은 어떻게 하나요

네가 나를 사랑한다면,
뮤직박스 정도 사 줄 수 있겠지..

네가 나를 정말로 사랑한다면,
뮤직박스 따위 사 달라고 하지 않을걸..

의문의 1패

#리디아 #뭘그렇게사달래싸 #라이너스_그녀에게게반하지않았다

(러브레터 정도는
나처럼 굴러 나와 주셔야지..
없네)

아무도 널 사랑하지 않을 땐 말야,
모두가 널 사랑하는 척할 수밖에!

#스누피그램 #피넛츠아이들 #찰리샐리_이집도돌림자쓰냐 #사랑은쓸쓸한일인것같아

칼 세이건이 그러는데,
우리 은하계에는 천 억 개의 별이 있고,
그 숫자만큼의 은하계가 존재한대.
즉 천 억 개의 은하는 각각 또 다른 천 억 개의 별로
가득 차 있다는 것이지!
그러니까 세상은 얼마나 넓은지, 크게 보자는 거야.
안 그래, 찰리 브라운?

나는 우리 집 개가 보고 싶어..

#그리운스누피 #엄마는안보고싶니 #여름캠프
#밤하늘에빛나는수많은저별들중에서

나한테 마지막으로
꽃 선물해 준 게 언제더라?

음악가는 꽃을 보내지 않아.
그리고 우리는
함께 춤도 추지 않았잖아..
–
배우면 되지, 뭐.

춤추는 방법?

—

아니 꽃 선물하는 법 말이야.

#사랑도배워나가야해 #사랑이인생의가장큰시험 **#사랑도통역이되나요**

네가 나보다 피아노를
더 사랑한다는 것쯤은 나도 알아.

어쩌겠어. 계속 안고 가야지.

또 누가 알아?
언젠가는 상황이 바뀔지.

이대로 "대기타석"에서
내 차례를 기다리고 있는 것만으로도
행복하다구.

#사랑한다면루시처럼 #다음타자는루시 **#홈런한방** #초긍정루시

(가끔 러브레터가
우체통 저 뒤쪽에
딱 붙어 있을 때가 있다구..)

#러브레터 #오겡끼데스까 #뒤쪽에붙은게아니고말이지 #열심히찾아봐_스누피

찰스에게
나는 매일매일 네 생각을 한단다.

마시, 그렇게 쓰면 안 돼.
그럼 척이 아주 자만심이 들어서
우쭐해질 거라고!

그럼 '하루걸러 하루'라고 써도
될깝쇼?
-
안 돼. 그것도 너무 자주야!

찰스에게
나는 3일마다 네 생각을 한단다.

#마시_패티_절친_연적 #찰리브라운좋겠다

#연적끼리도와주네 #상부상조? #매일생각나면매일생각한다고쓰자 #사랑하면사랑한다고말하자

네가 아주 먼 곳으로 콘서트 투어를 간다면, 나한테 매일매일 전화해 줄 거지?

아니 안 할 건데.
–
그러면 편지는 써 주겠지. 그렇지?

아니 안 할 건데.
–
그래도 머물고 있는 곳의 멋진 풍경 사진이 담긴, 작고 귀여운 엽서 정도는 보내 주지 않을까...

아니 안 할 건데.
–
그래? 그래도 만약 호텔 로비에서 우리 둘 다 아는 사람을 만난다면, 그 사람한테 집으로 가는 길에 나한테 안부 전해 달라고 정도는 안 하겠어?

누가 그래? 나는 그냥...

난 알아.
네가 날 그리워 할 거라는 걸!

#사랑하다면루시처럼

#까도까도또까이고 #철벽수비_슈뢰더 #이건무슨잣인감 #왠지너희엮일것같아

맹한 놈 취급받는 것도
이젠 진절머리가 나.
빨간 머리 여자애에게 당당히
가서 말을 걸어 보겠어!

한다면 한다!
저질러 보는 거야!
그 어느 것도 나를 막을 수 없어!

그 어떤 것도!

©PNTS

#기우제지냈나 #간만에상남자 #고백해 #폭우를뚫고 #사랑은비를타고

동시에 두 명의 여자애와 사랑에
빠질 수 있다면 어떨까 궁금해.

(예전에 초코칩 쿠키랑 피넛버터
쿠키를 한꺼번에 먹었던 때가
기억나네..
그 쿠키들을 모두 사랑했었지..)

#이녀석들이양다리를

#카사노바가위대한이유가바로여기에 #사랑도백업이필요해 #모두가사랑이에요

사랑은 이상한 짓도 하게 만들지..

#안절부절 #미저리?
#상사병 #밤새안자도안졸려 #안먹어도안배고파 #사랑이라는뇌의착각 #호르몬의농간

(사막에서 혼자 살려면,
오직 나만이 즐길 것을 마련해야 하지...)

#혼밥

#또뭘혼자해야하나 #사랑의철칙_혼자서밥을먹을줄알아야해 #사랑은사막 #혼자일어서야해 #외로워

우리는 사랑일까?

설렘

침대에 누워서 가끔씩 네게 벌어진 엄청난
일을 생각해봐. 기분 끝내주지..

(안녕? 나는 에밀리라고 해..
내 댄스 파트너가 되어 줄래?)

#찰리브라운 **#잠좀잡시다** **#그렇게좋나** #쿵짝짝쿵짝짝

사랑하는 이에게
저는 아침에도, 점심때에도,
밤이 되어도 당신이 그립습니다.

이거 너무 명확하지 않은데..

여자한테 편지 쓸 때는 말야,
더 구체적이어야 해..

나는 당신이 오전 8시 15분,
오전 11시 45분 그리고
밤 9시 36분에 그립습...

#글쓰는강아지_스누피 **#네가오후네시에온다면_난세시부터행복해지기시작할거야**

사랑에 관한 곡? 나한테는 말이지,
사랑 노래는 아이스크림을 너무 잔뜩 먹어대는
느낌이야..

그럼 아이스크림 조금만 연주해 줘봐..

#슈뢰더_루시 **#거참한번해주면되지** #미안해사랑해한번해주면되지 **#러브송한곡에천냥빚을**

네, 아주머니..
제가 조언을 얻고
싶은데요..

제게 마지막 남은 이 돈을 여자
친구 크리스마스 선물 사는 데
쓰는 것, 어떻게 생각하세요?
사실 그 여자애는 저란 애가
있는지도 몰라요.

고맙습니다..

1달러 굳었다..

#나도모르는남자애한테판사줬다가판깨짐 #투자는확실한곳에 #손절매도가끔은

최고의 밸런타인데이였어, 픽펜!

태어나서 이렇게 재미나게
춤춰 본 건 처음이야!

♡ 쪽! ♡

와 ♡ 우!

#먼지소년도사랑을시작했어 #뽀뽀 #Chu〜♡ #달콤하게_츄 #밸런타인데이 #현기증

너 열 나는 것 같아..

(지금 열이 나는 이유는
몸살 아니면 사랑이지..
그 둘의 증상이 똑같거든...)

#플라잉에이스_스누피 #우리는사랑일까

요즘에 내가 하고 싶은 건
말이야, 우리 집 개를 내 무릎에
앉혀 놓고 끼고도는 거야...

왜 그렇게 안고 있으려는지는
나도 모르겠어...

(사랑하니까 아주 꽉 잡고
살고 싶으신 거지..)

#찰리브라운_스누피 **#애증의관계** #모래는꽉잡으면잡을수록_안잡혀 #난로도적당한거리를유지해야_따뜻해

이 멍청이 비글아, 1센티미터만 더 가까이 오면 네 남은 인생 내내 후회하게 만들어 줄 테야!

(우리는 뭔가 얘기는 하는데, 말 따로 생각 따로야. 이상하지 않아?)

#스누피 #라이너스 #심통꾼_라이너스 #능글능글비글 #사랑하는이의행간을읽으세요

난 정말 그 예쁘고 작은
여자애를 사랑했어..
지금 그 애는 떠나갔지...

그 애는 나를
"브라우니 찰스"라고 불렀어..
만약 그 소리를 다시 들을 수
있다면 뭐라도 다 갖다 바치겠어...
　　–
멍!

음, 그래... 그렇다고..

#스누피_너갗다바칠까봐쫄았니? **#뒷모습이쓸쓸한** #이별 #사랑

안녕, 브라우니 찰스!

#여기서어떤말이더필요하겠어

#작고예쁜그애 #브라우니찰스? #다시내게돌아와줘_기다리는나에게로 #돌아왔어!!

브라우니 찰스, 누군가 너에게
키스해 준 적 있니?

음, 나.. 어.. 나...

(내가 강아지였을 때, 네 얼굴
핥아 주었던 얘기, 해 주면 어때?)

#키스

#사랑의완성은키스런가 #저래서뽀뽀나하겠나 #번지수잘못찾았어 #스누피_엄마미소

사랑에 빠졌어요

사랑은 반짝이는 착각

사랑하는 이에게
당신이 매우 그립습니다.

종종 공원에 앉아
그대와 초코칩 쿠키를 먹던 날을
기억해 봅니다.

그대가 떠난 후 나
단 한 개 의 초코칩 쿠키도
먹지 않았답니다.

(다 이렇게 뻥 치면서 사랑하는 거야!)

#스누피 #멍멍이작가님 #부재의고통 #밥은먹고다니냐 #사랑은뻥이요

안녕하세요, 선생님..
사과드릴 것이 있어서
왔어요...
성경공부 시간을 그렇게
망쳐 놓는 것이 아니었는데..

사실, 선생님을
사랑해요...

그래서 제게는
엄청난 의미를 지닌 것인데...
선물로 드리려 해요.

참도 로맨틱하다.

#공갈젖꼭지 #애기며짤?! #3살되면떼야지 #선생님과제자

사랑하는 이에게,　　　　　행복한 밸런타인데이가 되기를.　　　　　여전히 나를 사랑하는지?

좋았어.

#편지쓰는비글_스누피 #고무신거꾸로안신었네 #그럼_아직도너를사랑하지

라이너스 안녕...
캠프 와서
전화하는 거야..
나 사랑에 빠진 것
같아...

너는 늘 사랑에
빠지잖아,
찰리 브라운..
이번에는 누구신지?

이름은 모르겠어.
그런데,
내가 본 여자애들
중에 제일 예뻐.

그럼 네가 매번 얘기하던
빨간 머리 여자애는
어떻게 된 거야?

126

누구?

#사랑은움직이는거야 **#사랑호르몬_3개월?** #호르몬과다분비

내가 그를 바뀌게 할 수 있을까?

#픽펜_먼지투성이

#안씻는남자_살아봐서아는데못고쳐 #바뀌지않잖아 #그럴리없잖아 #바꾸려고하지말기로

마시한테 편지를 받았어...
지금 캠프에 가 있는데,
좀 외롭나봐...

그런데, 왜 나한테 편지를
썼는지 궁금하네...
–
마시가 오빠 좋아해.
그래서 그래!

나? 왜 나지?
–
그러게 말이야.
그게 완전 미스터리야.

그거하고 버뮤다 삼각지.

#외로운여자의SOS #캠프가며칠이길래무려편지를 #세계양대미스터리

내가 뭐 했는지 한번 볼래?

네 밥그릇 옆에다가
조그많고 예쁜 꽃들을
그려 넣었어.

삶이 현실보다 더
재미있을 거라는 환상을
심어 줄 거야...

(얼마나 자상하신지.)

#사랑은배려 #찰리의스누피사랑 **#스누피_어떤삶을살고싶니** #개밥그릇튜닝

여보세요? 누구세요?
지금 새벽 세 시야.

안녕, 마시. 나야!
새벽 세 시인 것 알지. 그런데,
나 잠을 못 잘 것 같아...
왜 잠을 못 이루는지 아니?

나 ♡사랑에♡ 빠졌어! ♡

사부.. 쿨쿨.. 지금.. 엄청나게.. 쿠우..
행복할.. 드르렁.. 거야!

#주책없는패티 #마시의우정 #사랑하면뵈는게없지 #행복하겠다 #누구를위하여벨은울리나

미안, 나 또 놓쳤네.

감독은 선수들이
기술적으로 실수하는
것은 얼마든지 용서할
수 있어.

그러나, 멘탈의 문제라면
용납치 않아.
-
나, 우리 팀 포수를 사랑하고
있어..

그게 바로 멘탈이 에러인 거잖아!

#우익수_실책_금지 #야구고자_루시 #그래도꼬박꼬박경기에출전하는루시
#지금그걸변명이라고하는거냐 #야구팀포수가누구게요

나 없이 살아간다는 것을
네가 상상조차 할 수 없을 때가 올 것 같아..

반대로 이럴 수도 있겠다.
인생살이 뭐 그리 대수냐고.

#김칫국드링킹 #존재의이유 #당신없이는못살아_정말정말못살아 #따로또같이

우리 참 오랫동안 친구로
지내왔지..
안 그래, 스누피?

내 생각에는 우리가 서로
좋아해서뿐만 아니라
서로를 존중해서 가능했던 거
같아..(중얼중얼)

(내 저녁 밥이나 잊지 말라구..)

#스누피를존중하는방법_삼시세끼 #찰리를존중하는방법_러브레터 #나를존중하는방법?

2월의 새벽별은 수성, 금성,
토성...

그래?

나는 내가 너의 샛별인 줄
알았는데..

쿵야!

너 학교 그만둔다고 누가
그러더라, 찰리 브라운..

모든 걸 포기하고, 우리 개를
행복하게 해 주는 것에 내 인생
다 바치려고!

(2분만 더 있자.. 내가 몸을 돌리면,
너는 내 반대쪽 귀를 살살 긁으면 돼...)

#아름다운희생 #멍멍이집사 #인생을바치는사랑_해봤니 #개팔자상팔자

넌 내가 만난 사람 중에 제일 멋진 애야..

#쥐구멍에도볕들날이 #찰리에게도사랑이 #찰리_페기진 #사랑은만화를싣고

이별이 느껴질 때

왜 슬픈 예감은 틀린 적이 없나

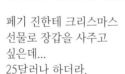

페기 진한테 크리스마스
선물로 장갑을 사주고
싶은데...
25달러나 하더라.

여친이 자기 남자가
구두쇠란 걸 알면
실망할 거야.

나 구두쇠 아냐..
그냥 25달러가 없었던
것뿐이라고.
–
카드를 긁으시든지..

신용카드도 없어..

–

페기 진이여, 안녕!

#돈없으면연애도못해 #현실적샐리 #장갑까짓거 #페기진은저멀리

나 올해 밸런타인데이에
대해서는 걱정 안 할 거야...

밸런타인데이 선물이니 카드니
절대로 안 올 텐데
뭘 그리 걱정해?

그런데, 누가 선물을 하나라도
보냈으면 어쩌지?
그거 도착할 때
내가 있어야 하는데...

#찰리브라운 **#걱정투성이** #밸런타인데이 **#기우** #침낭챙겨라찰리

153

내가 뭐 땜에 놀랐는 줄 알아?

네가 나를 처음 본 순간
사랑에 빠지지 않았다는 게
진짜 놀라워...

삶은 온갖 놀라움으로 가득 차 있지.

#첫눈에반한사랑얼마못가 #그래도지구는돈다 #첫사랑은네버엔딩

#슈뢰더_루시 #철벽남슈뢰더

빨간 머리 작은 소녀가
사는 집이 있어.

집에서
그 애가 나오면
나는 "안녕" 하고
아침 인사를
할 거야.

그럼 그 애는
"이렇게 비가 오는데
너는 왜 거기 서
있니?"라고
말하겠지.

나는 "아, 지금
비 오나?"라고
할 테고.

그 애는
이렇게 말할 거야.
"맙소사,
너 멍청이구나!"

『빗속에서 춤』은
로맨틱했어..
그런데 '빗속에서
나무 뒤에 서 있기'는
안 로맨틱하군..

#찰리브라운 #빗속의기다림
#비부터피하자 #우산_우비라도 #사람들은네가생각하는것만큼무섭지않아 #용기가필요해 #찰리의사랑방식

우리 집엔 안전벨트 안 하면 말해주는 차가 있어.

우리 아빠한테는 불이 제대로 안 들어오면 말해주는 카메라가 있어.

우리는 밸런타인데이 카드를 못 받잖아, 그럼 말해주는 우체통이 있어.

"미안, 친구.
그렇게 됐네!"

#자랑질 #다들부자네 #내차는후진하면뒷유리창와이퍼움직여
#쓸쓸한너의우체통 #진짜저렇게말나오면한대치고싶겠... #밸런타인카드 #신용카드도아닌데뭐그리대단

툭!

"응모자 귀하. 올해의 밸런타인 카드에 응모해 주셔서 감사합니다.. 안타깝게도 저희의 요건에 충족되지 않음을 알려 드리게 되어 유감으로 생각합니다."

#그놈의밸런타인 #또잘렸군 #사랑의슬픔 #미역국한사발 #받는건안바래_보내는것만이라도받아줘

안녕? 난 라이너스라고 해..
너랑 같이 앉아서 점심 먹어도
될까?

글쎄.. 생일이 언제니?
–
10월에 태어났는데..

나는 12월이거든.

나이 차이가 좀 많은 것 같지 않니?

#라이너스_어이상실 #리디아_도도한그녀 #개인의취향존중 #두달차늙은이

날 떠나지 마! 제발 날 두고 가지 마!

#가장솔직한사랑고백 #계속네곁에있을게 #두려워마 #날안심시켜줘

이별을 극복하는 방법이 궁금해

넌 사랑 이야기를 더 써야 해..

사랑의 아픔에 대해서 말이야.

찢어지는 실연의 아픔을 표현할...
뭐 그런 거 있잖아...

제길!

러브레터 한 통 받으려고
하루 종일 우체통 앞에서
기다리는 것보다 최악의 상황이 뭘까..

음, 그렇지.. 이럴 줄 알았어...

#찰리브라운 #러브레터

#최악의하루에는초콜릿이필요해 #1층있으면지하가있다는것잊지마

171

사랑하는 이에게,
당신이 몹시 그립습니다.

당신을 떠올릴 때 마다 두 눈은
외로움의 눈물로 가득 차곤
한답니다.

내 눈에 가득 고인 사랑의 눈물은
편지의 행간에 뚝뚝 떨어집니다.

(눈물 투척! ㅋㅋ)

#초감성스누피 #말이라도눈물은흘려주셔야 #눈물에젖은편지보내본적없는자_유죄

찰스, 나 그동안 널 계속
좋아했어...
넌 내가 아는 사람 중
가장 좋은 사람이야..

하지만 네가 매번 시달리는데
그걸 볼 수가 없어. (츄!♡)

네가 나 같은, 이따위 안경 낀
애를 사랑할 리 없다는 것도
잘 알아.
그래서 네게 혼자 남는 법을
알려 주기로 했어.

(어떻게 하면 저렇게 되지?)

척이 다시 야구만 하고 있다는
얘기 들어...

그렇겠지요..
내가 바보짓을 한 이후로
걔를 본 적이 없어요.

마시, 맘이 어때?
막 찢어지는 것 같아?

아니, 그런데 확실히 휘어지긴 했어요!

#세상에서가장이상하고사랑스러운절친 #친구한테존댓말_와우 #놀라운정신력
#남은자존심 #사랑고백은때와장소가려서하기로해요 #맘이휘다니_아파서녹았구나

그리고 나서 그 여자애는
이렇게 얘기했어.
"안녕, 라이너스, '어떤 날',
우리 다시 볼 수 있겠지."

'어떤 날'이라... 촌스럽고
오래된 표현인데..
참 와닿는다...

그래?
나는 나만 그렇게 느낀 줄
알았어...

전혀..

–

(쿨쩍! 흑흑..)

#안녕이라는말대신 **#흑백영화의한장면 #초감성스누피** #스산한이별

우체통 안은 러브레터
받을 때를 대비해서
늘 깨끗해야 해.

편지 가지러 안 나가?
–
비올 때는 안 돼.

비가 오잖아, 그럴 땐
"다시는 널 보고 싶지
않아!" 이런 편지만
받게 돼.

러브레터에 대해 꽤
많이 알고 계신 것
같네.

내가 진짜 편지 하나라도
받으면, 어떻게 할지
그건 모르겠다.

#먹어봐야맛도아는건데 #기다리다지친이름이여 #러브레터 #사랑은창밖의빗물같아요

(삶은 참 이상해.)

(어떤 이에게 아주 친하게
다가서다가도..)

(아무런 이유 없이 점점 멀어지는
것 같기도 하단 말이야.)

(내 밥그릇도 60센티미터 정도
떨어져 있었는데,
지금 보면 90센티미터야.)

#사랑은시계추와같은 것 #너무깊게생각마 #물흐르는대로 #그러나!!

이번 생은 망했어.
–

그런 생각이 들면
그냥 오후 내내 나무 아래 누워 있어봐..

#나무그늘

#삶을다깨달은녀석들 #삶은달걀 #정말망한걸까? #나무아래눕는것은멋진처방

편역자 후기

"찰리 브라운, 스누피, 라이너스, 루시...
제가 어떻게 그 친구들을 잊겠습니까"

이 부분을 번역하는데, 눈물이 났다.
50년간 함께했던 피너츠 만화 연재를 마치고, 작가 찰스 슐츠가 독자에게 보내는 편지의 마지막 구절이다.

스누피는 중학교 때부터 좋아했던 만화다. 그리고 대학교 때는
'피너츠북 피쳐링 스누피'라는 만화 전집으로 영어를 공부했다고 해도 과언이 아니다.
그러다가 우연한 기회에 연이 닿아 마흔 살이 넘어 다시 그 친구들을 만났고,
한국판 '스누피 시리즈'를 엮게 된 것이다. 길게 돌아 다시 만난 스누피와 친구들...
이렇게 작업이 진행되면서 알게 된 사실이 있었으니, 우리나라 사람들이 스누피는 매우 잘 알고 있지만,
미키 마우스나 헬로키티와 같이 캐릭터에 열광하지도 않고, 딱히 만화의 내용도 잘 모른다는 것이다.

[만화의 내용을 모른다]
이 현실은 내게 위기이자, 기회였다.
'좋아. 그럼 내가 지금부터 스누피 이야기를 해주면 되지. 오늘부터 사람들이 스누피 만화를 읽으면 되지.'
그래서 이리 된 김에 '스누피 이야기꾼'이 되기로 했다.

우선, 인터넷 아카이브에 들어가서 몇 천, 몇 만 컷이나 되는 50살 스누피의 역사를 톺아보았다.
그리고 1박 2일 일정으로 올해 해외 최초로 개장한 일본 스누피 박물관에 가기로 결정하고,
학위도 없는 스누피 박사가 되어 보고자 들뜬 마음으로 비행기를 탔다.

뜻밖에 외진 곳에 위치한 스누피 박물관. 어인 일인지 입구의 철문은 다 닫혀 있었다.

[휴관]
내가 도착한 날 바로 전날까지 전시를 했고, 다음 전시 준비를 위하여 그날부터 휴관이란다.
아저씨는 그런 내가 안됐다는 듯, 이전 전시회 브로슈어와 다음 전시회 일정 등이 담긴 종이를 슬쩍 내미신다.

이게 끝이 아니었다.
그날 오후 롯폰기의 서점에서 정신없이 스누피 자료와 책들을 사느라고, 돈이 다 떨어졌다.
호텔 체크인도 못하고, 결국 싸구려 호텔로 옮겨서 하루 자게 되었다.
그렇게 쫄쫄 굶고 있을 무렵...
오사카에 살고 있는 친구 오사카 박이 인터넷을 뒤져 피자 한 판과 맥주 무려 열 캔(!)을 도쿄로 보내주셨다!
예상치도 못했던 큰 선물을 받은지라, 보물같은 스누피 자료집과 함께 평생 잃어버리면 안 될 감사한 추억으로
남겨 두었다.

10월 초, 전시가 다시 시작되었을 때 나는 결국 일본으로 다시 갔다.
결국 박물관에서 나를 애타게(!) 기다리고 있던 스누피와 피너츠 마을 친구들을 만나고 온 것이다.

어른이 되어 다시 만난 "스누피"는 그냥 명랑만화가 아니었다.
한 마리 강아지 스누피, 그리고 그의 주인 찰리 브라운과 친구들의 재미나고, 교훈적이며, 유쾌한 이야기만
쪼옥 걸러서 담은 예쁘기만 한 만화가 아니었다.

짧은 네 컷의 만화, 길어봤자 열 두세 컷의 만화 안에 세상물정의 모든 이치가 담겨 있었다.

늘 우울하고 걱정 많은 찰리 브라운, 귀여운 심통쟁이 루시, 짝사랑만 하는 샐리...
이 모든 캐릭터들은 멀리 있지 않다. 바로 나의 모습이기도 하고, 내가 정말 싫어하는, 혹은 사랑하는 이들의
모습이기도 하다. 실패의 아이콘들만 다들 모아놓은 형국이다.
그러나 '나도 이런걸' 하고 따뜻한 깊은 공감을 끌어내 주는 것, 그것이 찰스 슐츠의 스누피 만화가
그냥 만화가 아닌 철학 그 이상으로 끌어올려질 수 있는 경이로운 지점이다.

마지막으로 우리의 스누피!
검은색 철문이 열리길 기다리며 때가 되면 찰리에게 밥을 얻어먹고, 폐쇄공포증까지 있어
어엿한 집을 놔두고 눈, 비 다 맞아가며 지붕 위에서 자는 별난 개다.
그러나 가끔씩 눈치 없이 냅다 내뱉는 그의 멍멍!WARF!은 내게 아포리즘의 신세계였다.
(스누피의 멍멍! 삶을 관통하는 철학의 언어는 뭉게뭉게 생각 풍선으로 처리된다.)

스누피 시리즈의 첫 선물, 이번 편은 사랑에 관한 내용이다.
우리 인간의 생에서 가장 큰 화두, 달콤함, 골칫덩이, 엑스터시, 고통인 "사랑"
이 책에서 스누피와 친구들은 사랑이란 화두를 가지고, 어떤 식으로 찌질할 수 있는지
밑바닥까지 보여줄 것이다. 그러나 이에 그치지 않는다.
일단 한 번 찌질했으면 툭툭 털고 일어나 극복하는 방법까지 살짝 알려준다.

지난 4개월 동안 피너츠 만화 몇 천, 몇 만 컷의 장면들을 읽고, 웃고, 생각한 것 중 가장 맛난 것,
몸에 좋은 것들만 골라 정성스럽게 초콜릿 박스에 포장하듯 넣어 두었다.
여러분들 입맛에도 꼭 맞기를......

나는 여전히 코끝이 찡하다.

찰리 브라운처럼 강가에 앉아, 혹은 밤하늘의 별을 보며 누군가를 기다리는 심정이다.

외로운 도쿄의 여관으로 피자와 맥주가 배달되었을 때 함께 환호성을 질러주고, 세세한 영어 표현들에 도움을 준 세 자매님들께 우정을 보내며 내 귀찮은 질문도 흔쾌히 받아 주고 도와주신 영어와 일본어 사부님께도 감사하다.

이제 이야기를 해드릴 준비가 되었다.

2017년 여름 황서미

아직 내 생각해?

초판 1쇄 인쇄 2017년 6월 30일
초판 1쇄 발행 2017년 7월   7일

지은이 | 찰스 M. 슐츠
편역자 | 황서미, 정상우

펴낸이 | 정상우
편집주간 | 정상준
편집 | 김민채 황유정
관리 | 김정숙

펴낸곳 | 오픈하우스
출판등록 | 2007년 11월 29일(제13-237호)
주소 | (04003)서울시 마포구 동교로13길 34
전화 | 02-333-3705
팩스 | 02-333-3745
openhousebooks.com
facebook.com/openhouse.kr

ISBN 979-11-86009-92-5 03800

*잘못된 책은 구입처에서 바꾸어 드립니다.
*값은 뒤표지에 있습니다.

(주)오픈하우스포퍼블리셔스는 오픈하우스, 그책, 태림스코어, 스쿱이 함께 책을 만드는 출판그룹입니다.

본 도서는 미국의 Peanuts Worldwide LLC사와 (주)태림스코어의 한국 독점 출판계약을 통해서 제작되었습니다.
© 2017 SCORE All right reserved
© 2017 Openhouse for publishers Co.,Ltd.
© 2017 Peanuts Worldwide LLC, Peanuts.com
Originally published by RUNNING PRESS

이 책은 지작권법에 따라 보호받는 서작물이브로 부단 전재와 무단 복제를 금지하며, 이 책 내용의 전부 또는
일부를 사용하려면 반드시 저작권자와 (주)오픈하우스포퍼블리셔스와 (주)태림스코어의 서면 동의를 받아야 합니다.

이 도서의 국립중앙도서관 출판예정도서목록(CIP)은 서지정보유통지원시스템
홈페이지(http://seoji.nl.go.kr)와 국가자료공동목록시스템(http://www.nl.go.kr/kolisnet)에서
이용하실 수 있습니다.(CIP제어번호: CIP2016029964)